大偵探福爾摩斯

蜜蜂謀殺案

SHERLOCK HOLMES

序

　　月前在香港教育城的電子報中看到一個訪問，受訪者是致力於家長教育的恆生管理學院黃寶財教授。他指出，語文學習的意義在於藉語文來認識世界，並非純粹為了提升聽講讀寫的能力，故此單純的學文法、上拼音和寫作班、做補充練習等，既不能有效提升語文能力，亦令孩子討厭語文，唯一的好方法是閱讀。

　　黃教授還說：「閱讀需要用眼看、用口讀，同時連貫圖像、文字、聲音和意義，亦提供故事和情境，使孩子能夠從文字中完整理解字詞、句子的用法，漸漸建立起語文的根基，但一般教科書句子零散、文法練習教他們哪個答案是對、是錯，這只是分析語文，並不是學習語文，難怪孩子沒有興趣。」

　　這番說話實在精警，一語道破很多家長常犯的錯誤——只懂得全力催谷小朋友做語文補充練習，而不懂得誘導小朋友看多些兒童故事書。其實，看多一些有趣的故事書，語文能力就會在不知不覺間提高。我寫《大偵探福爾摩斯》，其中一個目的就是希望可以吸引多一些小朋友主動又開心地閱讀，克服對語文的恐懼。

厲河

大偵探
福爾摩斯
蜜蜂謀殺案

登場人物介紹

福爾摩斯

居於倫敦貝格街221號B。精於觀察分析，知識豐富，曾習拳術，又懂得拉小提琴，是倫敦最著名的私家偵探。

華生

曾是軍醫，為人善良又樂於助人，是福爾摩斯查案的最佳拍檔。

金馬倫先生

退休老人，聲稱看見兒子的分身。

歌莉

金馬倫先生的女兒。

布朗

金馬倫先生的兒子。

馬田

亨利養蜂場的工人。

豬格林

警察局局長，福爾摩斯的中學同學。

艾麗

寡婦，蘋果園的園主。

亨利

亨利養蜂場的老闆。

科學鬥智短篇

分身

空中懸頭

「爸爸，待會你小心看，但千萬不要發出聲響。」一個黑影在窗簾後輕聲說。屋內很黑，看不清說話者的容貌，但聽那聲音，像是個中年女人。

「歌莉……你說得……那麼恐怖，我還是……不要看了。」另一個黑影也站在窗簾後

面，說話時聲音顫抖，似乎想轉身離去。看來，此人是那女人的父親。

「不，不要走開！」那女人連忙拉住她的爸爸，「你總得親眼看一看才行，否則就救不了哥哥呀。」

「可是……」男人的聲音嘶啞，顫巍巍的不知如何是好。

從前院透進來的微光中，可看到男人的側影，他滿面皺紋，看來已是個70多歲的老人。

「你不想救哥哥嗎？他是你的親生兒子呀。」女人有點着急了，語氣中充滿責難，「這是他快要死亡的預兆啊！不想辦法救他的話，他會死掉啊。」

聽到女兒這番說話，老人動搖了，他深深地吸了一口氣，點了點頭。

女人看到父親安定下來，鬆了一口氣，但仍不忘提醒：「我們只可在這塊窗簾後偷看，千萬不要張聲，否則嚇走了哥哥的分身就不好了。」

說完，兩人透過窗口，目不轉睛地盯着院子。

院子裏沒有燈，但不遠處有盞街燈，借助街燈射進來的燈光，雖然有點昏昏暗暗，但仍可看到院子的

每一個角落，特別是攀爬在圍牆上的那些**牽牛花**，隱隱然透出一陣陣陰森的鬼魅之氣。

老人和他的女兒**屏息靜氣**地等待。可是，等了十多分鐘，外面的院子依然靜悄悄的，沒有半個人的**蹤影**。

「奇怪……怎麼還沒出現呢？每晚大約這個時候，哥哥的分身就會在**花牆**前面出現的呀。」女人自言自語地說。

老人沒有答話，他已緊張得發不出聲來。

突然，花牆前面好像有些東西移動了。

「啊……來了、來了。」女人把嗓子壓得低低的，但她的呼

吸明顯地急促起來。

「啊！」老人心中發出驚叫，他嚇得退後了兩步。看到了！他親眼看到了！

一個木無表情的人頭，竟然在花牆前面飄浮！

分身的 意思

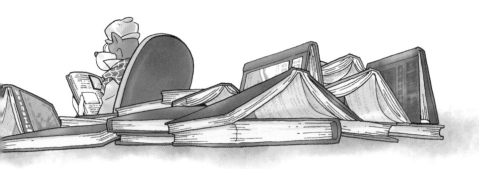

　　華生出診回來，看見福爾摩斯正在翻閱擺滿了一桌的文件和書籍，於是問道：「你在找什麼？」

　　「**Doppelgänger**。」

　　「Doppelgänger？那是什麼？」華生好奇地問。

　　「Doppelgänger是德文，我正在查閱關於這方面的資料。」福爾摩斯從書堆中抬起頭來。

「我從沒聽過這個德文呢。」

「它是『分身』的意思。」福爾摩斯道，「根據我搜集得來的資料顯示，有些人說曾經看到長得跟自己模模樣樣的人，不久之後這些人就離奇地死去了。其實，他們是看到了自己的分身。自古相傳，人看到了自己的分身，表示魂魄離體，乃死亡的先兆。」

「太無稽了，你怎會相信這種事情？」華生有點驚訝。

福爾摩斯合上正在看的書，笑道：「你說得對，這是**無稽之談**，完全沒有**科學根據**。不過，既然顧客有求，我也得了解一下類似的個案呀。」

「哦？有人看到了自己的分身嗎？」華生更驚訝了。

「不，那位顧客看到了他**兒子的分身**。」

「那又怎樣？」

「他擔心那是兒子死亡的**預兆**，想請我去

調查一下。」

「怎樣調查？」

福爾摩斯狡黠地一笑：「嘿嘿嘿，設法捉住那個分身，然後**審問**一下，不就可查明真相了嗎？」

「別開玩笑了。捉鬼我聽得多，分身怎樣捉啊？」華生沒好氣地說。

「誰知道怎樣捉，不過，有人付得起錢，我只好去辦，**隨機應變**就行了。況且，如果真有分身的話，我倒想見識一下呢。」福爾摩斯說得輕鬆，看來並不擔心。

「那位顧客是什麼人？」華生問。

「是一個70多歲的**老人家**，他是房東太

太的朋友，但不懂得寫字，就叫房東太太**揹**了
個**口信**來，說過了一下案情。但當中有些細節
含糊不清，所以我已請他親自來說明一下，待
會兒就到。」

話音剛落，兩人已聽到樓梯響起了腳步聲。
每一步都很沉重和緩慢，看來是一個**行動不
便**的老人。

未待來者敲門，華生已開門相迎。果然，
走進來的是一個**顫巍巍**的瘦老頭。他弓着
背，挂着手杖，滿臉憂愁地打量了一下華生和
福爾摩斯，卻沒有說話。

「你就是**金馬倫先生**吧？」福爾摩斯堆
着親切的笑臉說。

「嗯……」老人欲言又止。

「請坐吧。」福爾摩斯走過去扶着老人，讓

他在一張沙發椅上坐下來。

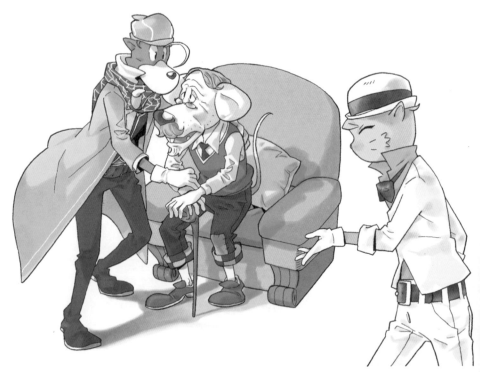

「請問……」老人舉起右手，想問什麼似
的，但又沒問下去。

福爾摩斯向華生遞了個眼色，
華生意會，他知道這是
發揮醫生本色的時候，因為老人家都

信任醫生，由自己作引導，會比較容易切入。

「我看你臉色不太好，我是醫生，也是福爾摩斯先生的助手，讓我為你把把脈吧。」華生說着，在老人身邊坐下，提起老人的手腕，把起脈來。

「唔⋯⋯脈搏有點兒亂呢。」華生以關心的語氣說，「有什麼心事，儘管說出來吧，我們可以幫助你的。」

「嗯⋯⋯請問你們收費貴嗎？」老人問。

啊，原來老人擔心收費的問題，難怪他**吞吞吐吐**了。老人家常會這樣，生病了，卻不理病情輕重，首先擔心的是**醫藥費**。現在要僱用私家偵探，心裏更沒有底，擔心收費也是很正常的。

「你不必擔心，我們收費不貴，有時甚至免費。」福爾摩斯笑道。

「啊……」老人放下**心頭大石**，「我快要賣房子了，實在沒有太多餘錢，真抱歉。」

「沒關係，你先把詳情說來聽聽，我們不是律師，光聽是不收費的。」福爾摩斯一頓，「對了，你說

要賣房子，難道**欠債**了？」

「不。」老人搖搖頭，「是為了救我的兒子**布朗**。」

「啊？我聽房東太太說過了，她說你看到了令郎的分身。真有此事嗎？」福爾摩斯問。

老人點點頭，道：「我確是看到了布朗的分身，那是一星期前，我在家附近的對面馬路看見他。可是，我回到家後不久，他穿着另一套衣服，和我的女兒**歌莉**一起來找我。」

「會不會是你眼花看錯了？」福爾摩斯問。

「當時我也不以為意，還問剛剛才看到你穿的是**藍色**的衣服，怎麼馬上換了件**紅色**的外

衣來找我？但他說一直與歌莉一起，當天並沒換過衣服，也沒經過那條馬路。」老人說。

「真的嗎？那麼歌莉怎樣說？」

「歌莉當時沒說什麼，只是拚命地向我**打眼色**，似是叫我不要問下去。不過，她在布朗上廁所時悄悄地向我說，我在街上碰到的是布朗的分身。」

福爾摩斯又向華生遞了個眼色，似乎在暗示：「戲肉來了。」

老人「嗒」的一聲，吞了一口**口水**，繼續道：「歌莉還說，她最近碰到布朗的分身好幾次了，但不敢說出來，卻沒料到終於也被我碰見了。」

華生想了想，問：「歌莉為什麼不敢說出來？向布朗問清楚不是可以更快**澄清事實**

嗎？」

「不，歌莉說千萬不可讓布朗知道他出了個分身，否則一定會把一向膽小的布朗嚇死。因為，分身是他死亡的先兆。」老人驚惶地道。

「後來又怎樣了？」福爾摩斯問。

「我始終是半信半疑，可是隨後兩天，我又碰到了布朗的分身兩次，一次他好像沒看見我似的在街上擦身而過，一次是我看到他在菜市場買菜。」

華生想了一下，問：「你怎知道那是他的分身？或許那是他本人呢？」

「我當然知道，布朗當時不在倫敦，他和歌莉去了曼徹斯特談生意。」老人說。

「或者他們改變主意，最後沒有去呢。」華生質疑。

「不，他們第二天回來，還買了一些曼城的土產給我，說生意談得很成功。」

「恕我直言，這也證明不了他們兩人去過曼城。」福爾摩斯說，「因為他們可以事先買好曼城的土產，然後聯手來欺騙你。」

「其實，這個問題我也想過。可是，我親眼看到他的分身發生異變，現在只餘一個……頭顱了。」老人說這話時，嘴巴在發抖。

「啊！」華生心中一凜。

「昨晚……在女兒的院子裏，我看到了……布朗

22

的頭顱……在空中飄……浮。」老人一臉惶恐地補充，並說出了當晚的可怕景象。

華生聽得有點毛骨悚然，但福爾摩斯絲毫沒有動搖，吐了口煙問道：「這與你賣房子有什麼關係？」

「啊……這是我女兒歌莉說的。她說布朗靈魂出竅已到了非常嚴重的地步，否則不會每天晚上都在她的院子出現。如果要救他，就得捐錢給教堂，讓上帝為他祈福，這樣的話，他就有救了。」

聽到老人這麼說，福爾摩斯的嘴角馬上浮

現出一絲**冷笑**，華生看在眼裏，並馬上想起女
巫欺騙紅髮老人一案*。這宗所謂「分身」的案
件，看來也是一宗**騙案**！

＊詳情請參閱《大偵探福爾摩斯⑭縱火犯與女巫》
中收錄的短篇故事「血的預言」。

可悲的騙案

「金馬倫先生，你相信你女兒的說話嗎？」福爾摩斯問。

「我親眼看見兒子的分身，甚至看到他的頭顱在空中飄浮，又怎能不信啊。」老人可憐巴巴地答道。

「那麼，你真的打算賣房子？」

「沒辦法啊，歌莉安排好買賣了，後天我去簽字就行。」

福爾摩斯面露嚴峻的表情

盯着老人，說：「絕對不
可以賣房子！」

「可是……布朗怎辦？
不**捐錢**的話，難道看着他
死嗎？」

「不用擔心，我有辦法
把他的**靈魂**召回來，而且
不費分文。」福爾摩斯為了
加強說服力，他以非常肯定
的語氣說。

老人眼裏閃着希望的光
芒：「真的嗎？其實我也不想
賣房子，那是我惟一的
財產。」

「不過，你要聽我的吩咐去做。」

「只要不用賣房子，我什麼也肯聽。」

「那麼，你向歌莉說上次看不清楚頭顱的樣貌，要再看一次吧。」

「什麼？」老人有點猶豫，「太可怕了，我不想再看啊。」

「不，你一定要再看，而且我和華生醫生都會陪你一起去看，否則就不能召回你兒子的靈魂了。」

「那……那好吧。」老人勉為其難地點頭。

「不過，你要保密，別向歌莉說我們會**暗中監視**，因為我相信她不會歡迎我們。」福爾摩斯吩咐。

「是的，她確實不喜歡陌生人知道布朗分身的事。我來這裏找你幫忙，也沒有跟她說。」老人道。

「很好。」福爾摩斯滿意地點點頭，然後詳細地吩咐好一切，才開門送客。

待老人下樓的腳步聲走遠了，華生才說：「這明顯就是一宗騙案啊。」

「對，而且是一宗可悲的騙案，一對兒女竟然詐騙自己的父親！」福爾摩斯語氣中帶着憤怒。

「金馬倫先生竟然相信他們的謊言，也實在太糊塗了。」華生說。

「有什麼辦法？那是自己的兒女，就算心存疑念，也會把它拋諸腦後。因為，否定兒女

的行為操守，其實等於否定自己，那是剜心割肉之痛，常人很難承受。」福爾摩斯沈痛地說。

「是的，這個我也能理解。」

「不過，老先生還有幾分清醒，他似乎不能解除心中的疑念，否則就不會來找我調查了。」福爾摩斯說。

「這是不幸之中的大幸。」

「雖然這是一宗不幸的騙案，但我卻很期待看看那個會在空中飄浮的頭顱呢。」

福爾摩斯

眼中閃現興奮的光芒。

　　華生斜眼看了一下老搭檔，說：「原來你喜歡觀看這種血腥場面，實在太**噁心**了。」

　　「哈哈哈，只要破解了**謎團**，就一點也不血腥了，因為我並不相信那種荒謬的事情啊。」福爾摩斯頑皮地笑道。

　　「你真的有信心**破解**箇中的秘密？」

　　「當然有，世上不合情理和邏輯的現象，絕大部分都可以用**科學的分析**來破解。」福爾摩斯信心十足地道，「就算有些現在未能破解的，將來科學進步了，也一定能夠破解的。」

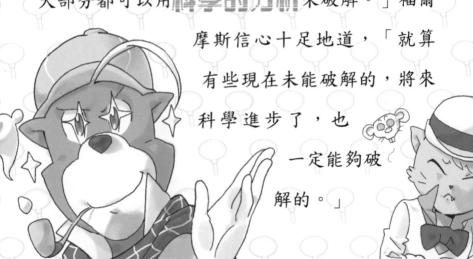

　　老人的女兒歌莉未婚，她獨居於一幢兩層高的房子，整座房子被7呎高的**圍牆**團團圍住，街上的人很難**一窺全豹**。不過，外人也可看出房子的主人很喜歡**牽牛花**，因為一些紫紅色的花朵和綠葉已攀過了牆頭，掛在圍牆外面。

　　圍牆內就更漂亮了，牽牛花的**蔓**纏繞着竹枝往上攀爬，讓整堵圍牆掛滿了花朵和翠綠的葉子，編織成一堵悅目的**花牆**。

一樓客廳的窗戶開在房子的側面，正對着距離約10呎的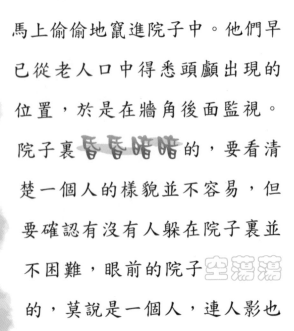花牆，屋內的人通過窗戶，可清楚地看到花牆旁的一切。

第二天晚上10時左右，老人依約去到歌莉家中。不過，他進入花園時，按福爾摩斯的吩咐暗中開了閘門。

待老人進屋後，躲在街角的福爾摩斯和華生馬上偷偷地竄進院子中。他們早已從老人口中得悉頭顱出現的位置，於是在牆角後面監視。院子裏昏昏暗暗的，要看清楚一個人的樣貌並不容易，但要確認有沒有人躲在院子裏並不困難，眼前的院子空蕩蕩的，莫說是一個人，連人影也

看不到一個呢。

華生看了看懷錶，暗忖：「已過了幾分鐘，什麼也沒出現呢。」

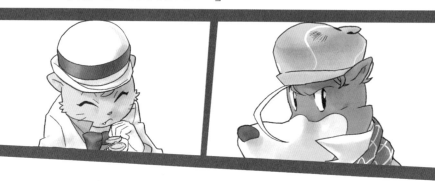

福爾摩斯則目不轉睛地盯着那堵花牆，生怕看漏了什麼似的。

突然，有異動了。花牆前面緩緩地浮現出一些東西，那不是一個人的**頭頂**嗎？華生赫然一驚，幾乎叫出聲來。接着，那頭頂又再露出多一點，慢慢地現出了**半**●**張臉**，然後是 **整**●**張臉**，

最後連脖子也見到了。老人說得沒錯，那是一個人的頭顱！他兒子布朗的**頭顱**！

華生聽到了自己的心臟**怦怦作響**，他曾任戰地的軍醫，**身首異處**的死屍見過不少，但看到空中飄浮的頭顱倒還是第一次！不過，理性的他克服了恐懼，他知道這一定是個**戲法**，只是未知怎樣變出來而已。

「嘿嘿嘿……」黑暗中，突然傳來一陣低吟似的笑聲，嚇得華生**汗毛倒豎**，但細心一聽，才發覺原來是身旁的福爾摩斯在冷笑。

「難道他已看破了箇中竅妙？」華生心
中暗想。

就在這時，福爾摩斯俯身撿起一顆小石頭，

猛地用力往頭顱那邊擲去。「乓」的一聲劃破

黑暗的寧靜，一些反光的東西「乒乒乒乒」地

掉到地上。同一剎那，如**靈光乍現**般突然在花牆前面出現一個男人。他似乎大吃一驚，在呆了幾秒後才懂得**逃竄**。無巧不成話，他竟朝着福爾摩斯兩人藏身的牆角跑來，大偵探咧嘴一笑，待那人跑近了，他伸腳輕輕**一絆**，「哇呀！」一聲慘叫響起，那人已摔個四腳朝天。

「怎麼了？怎麼了？」老人聞聲從屋內**顫巍巍**地走出來。

「痛死我了⋯⋯」趴在地上的男人頻頻呼痛。

福爾摩斯走近剛才發出「乒乒乒乒」聲響的地方，指着地面對老人說：「你過來看看，這些是鏡子的碎片，只要鏡子擺放的角度適中，就能把花牆反映在鏡上。你的兒子其實一直藏在鏡子後面，當他在鏡後伸出頭來時，在昏昏暗暗的環境下，看起來就像他的頭顱在空中飄浮了。」

老人聞言呆了半晌，他不敢相信原來這麼簡單就能製造出「飛天頭顱」的假象，更不敢相信一對兒女竟然用這種戲法來騙他。

分身的真相

在福爾摩斯的**質問**下，布朗和歌莉都坦白招認了。

原來，他們兩人**不務正業**，花光了母親留下的遺產後，就打起父親的主意來。但兩人都知道，父親並沒有什麼**積蓄**，要謀的話只能謀他的**房產**。於是心生一計，利用父親的迷信，製造了布朗靈魂變成分身的假象，**訛稱**捐錢可以祈福，然後迫使父親賣掉房子，到時他們就把錢財據為己有。

老人在街上看到的所謂分身，其實都是布朗自己**假扮**的。可是，他們也知道父親天生多疑，為了徹底消除他的疑念，就從**馬戲團**的

斷頭魔術中取得靈感，讓他親眼目睹驚人的一
幕，心想這樣就可以完全騙倒老父了。

　　華生以為老人知道了實情後，會憤怒地向兩
個不孝的兒女破口大罵。可是，老人什麼也
沒有說，只是默然地流下了兩行眼淚，並向福
爾摩斯輕輕地說了聲「謝謝」，就弓着孤獨的
背影，顫巍巍地步進夜街，消失在黑暗之中。

福爾摩斯和華生都知道，金馬倫老先生一定是痛心得連憤怒也沒有了，他對兩個兒女是絕對地失望了。怒罵只能消消氣，卻無法彌補**悲痛欲絕**的內心。

福爾摩斯為免老先生再次受到**騷擾**，他離開前嚴厲地警告這對可惡的兄妹：「切勿再打老父的主意，否則我一定會請蘇格蘭場著名的**孖寶惡探**李大猩和狐格森來對付你們！他們可不像我這麼仁慈，如果知道你們欺騙父親的話，一定會先**毒打一頓**，然後再把你們踢進大牢

關十天八天！好自為之吧！」

歌莉和布朗看到大偵探那吃人似的兇相已驚恐得**縮作一團**，再聽到這番警告後更被嚇至臉無人色了。

回家的路上，華生問：「那個**鏡子戲法**，你是一早就知道的嗎？」

「不，鏡子上的影像與花牆**融為一體**，我開始時也看不出來。我是在布朗的頭顱出現時，才終於察覺當中的奧妙的。」

「怎樣察覺？」

「全靠那些**牽牛花**。不，正確來說，是全靠那些纏在竹子上的**蔓**。」福爾摩斯說。

「牽牛花的蔓？」華生不明所以，「它們也投映在鏡子上，並與花牆融為一體，怎看得出來？」

41

「你說得對，但細心看，就會看得出鏡上的投影其實是**左右反轉**的影像。」

華生想了一下，搖搖頭道：「不可能呀，那些花和葉都是左右**對稱**的，就算投映在鏡上，也很難分辨左右。」

「我不是說了嗎？我指的是蔓。」福爾摩斯解釋道，「一般來說，植物的蔓向上長時，都是*循着同一個方向盤旋而上*的。」

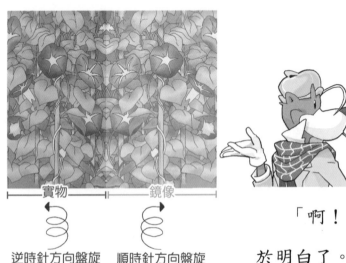

實物　　　　　鏡像

逆時針方向盤旋　順時針方向盤旋

「啊！」華生終於明白了。

「想通了吧。」福爾摩斯補充,「牽牛花的蔓是從 右至左 向上盤旋,如果以俯視的角度看,它就是以 逆時針 的方向盤旋。但反映在鏡子上的蔓則剛好倒轉,它們是從 左至右 向上盤旋。我發現了這一點,就知道那是用鏡子變出來的戲法了。」

「所以,你就擲出石塊,粉碎了那兩兄妹的騙局。」華生佩服地道。

「對。」福爾摩斯感慨地說,「不過,**粉碎了騙局,也粉碎了一段親情**,看來金馬倫先生會與那對不孝的兒女斷絕關係了。」

此刻,華生也感受到老搭檔的無奈。他知道,無論福爾摩斯的破案能力有多高,但要撫平受害人的創傷卻往往也顯得無能為力。這,也許就是一個大偵探必須默默承受的宿命吧。

科學小知識

【牽牛花的蔓莖】

　　屬旋花科，因其花的形狀似喇叭，故有些地方稱之為喇叭花。很多攀援植物的藤蔓都循一定方向纏繞着其他東西盤旋而上，有的以順時針方向盤旋；有的則以逆時針方向盤旋，牽牛花屬此類，它的蔓莖以逆時針方向盤旋而上（圖1）。有種說法認為，藤蔓的旋轉方向與便於吸收陽光有關，如生長在南半球的藤蔓就向右旋轉，生長在

（圖1）

↑牽牛花的蔓莖向上盤旋的方向。

北半球的就向左旋轉。不過，這已是遠古時代的遺傳，經過千百萬年的移植，這個規律已未必適用於現在的植物。

　　然而，陽光影響植物的生長卻是常見的現象，如向日葵就是如此。它的花朵會朝着太陽的方向移動，而花朵上的種子排列則更神奇，逆時針方向排列的種子和順時針方向排列的種子永遠有一定規律，不是21列：34列，就是34列：55列，或者是55列：89列（圖2），因為只有這種交叉排列的方式才可以密密麻麻地排滿向日葵花朵的中心，以便吸收最多的陽光。

（圖2）

向日葵的種子排列有一定的規律。

photo by S.C.Cheung

　　據說美國有公司還利用這個原理，設計出流量平均的花灑頭呢。

科學小知識

【鏡像】

↑兩塊鏡子反映出花牆的影像，布朗只是從鏡後伸出頭來。

由於鏡能反映出它照到的東西，在這個故事中，布朗和歌莉兩兄妹就利用這個原理來行騙。其實，布朗是躲在兩塊鏡的後面，由於兩塊鏡反映出花牆的影像，在昏暗的環境下，加上相距一定距離的話（站得太近會反映出自己的影像），很難發現鏡子的存在，當布朗從鏡後伸出頭來時，就好像他的頭顱在空中飄浮了。（圖1）

↑香港科學館的「鏡子世界」中，也有斷頭的魔術鏡裝置。

《兒童的科學》第43期中，在介紹香港科學館的「鏡子世界」時，也談過這個原理。（圖2）

不過，由於鏡子反映的影像看起來是左右倒轉的（可試試在紙上寫一個字放到鏡子前看），所以福爾摩斯一看到牽牛花的蔓莖從左至右旋轉，就知道那只是花牆的鏡像，輕易地識破騙局了。

其實，用兩塊鏡子還可玩出很多不同的魔術，如圖3那樣排放鏡子的話，就可以變出三個自己、五個自己、七個自己，甚至很多個自己呢。

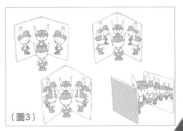
（圖3）

科學鬥智短篇
蜜蜂謀殺案

集體死亡

四月中,福爾摩斯和華生來到**肯特州**調查一宗命案,由於案情簡單,兩人只花了一個小時就查出了**真相**,更馬上聯同當地的巡警抓到了兇手。對於這麼容易就破了案,福爾摩斯絲毫也不感到興奮,反而覺得非常**掃興**,因為連夜乘火車趕來,竟不用怎樣動腦筋就破了案,對他來說簡直就是浪費時間!

福爾摩斯坐在押解犯人的馬車上，眼皮半垂，**百無聊賴**地看着往後退的景色，除了偶爾瞥一眼縮作一團的犯人和**兇神惡煞**的巡警之外，就只能張開大口，打一下呵欠來消磨時間。

　　然而，當他們的馬車經過一個分岔路口時，後面突然響起「**噠噠噠噠**」的馬蹄聲，

一輛拖着載貨台的馬車捲起一陣塵土，眨眼間已呼嘯而去。

「橫衝直撞找死嗎？要不是我押着犯人，一定把你抓回去坐牢！」那惡巡警向遠去的馬車破口大罵。

「算了、算了。」華生安撫道，「車已走遠了，聽不到你的喝罵。」

「唔……」眼皮半垂的福爾摩斯忽然睜開眼睛自言自語，「那輛是什麼馬車呢？**載貨台**上的東西很古怪呢。」

「什麼？它開得那麼快，你也看到載貨台上的東西？」華生感到詫異。

「難道你沒看到嗎？」福爾摩斯理所當然似的說，「車上有好多個鋁製的**臉盆**疊在一起，還有一些方形的**木架子**、一些**漆布**和空的**麻包袋**。」

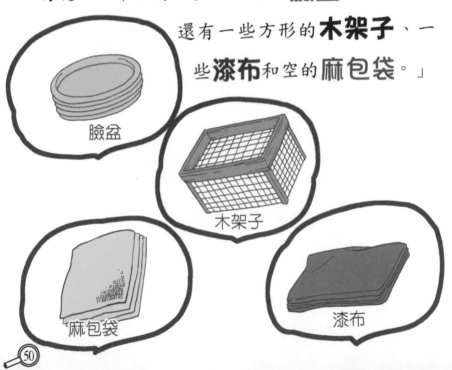

臉盆

木架子

麻包袋

漆布

「果然不改你的本色，看什麼都看得那麼仔細。」華生一半讚歎一半譏諷地說，「不過，一輛隨便經過的馬車你也看得那麼仔細，不是太累人了嗎？」

「嘿嘿嘿，這是訓練呀。反正悶得發慌，玩一玩這種遊戲，除了可以解悶外，還可提高觀察力。刀不磨就會生鏽嘛。」

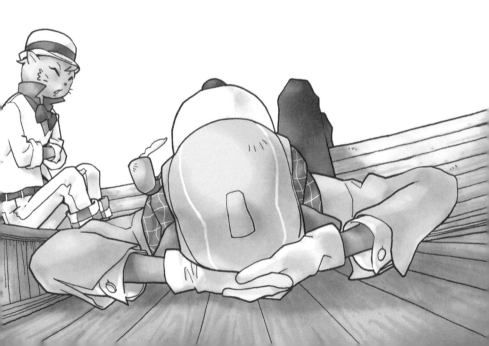

華生**無可無不可**地聳聳肩，似乎不太認同老搭檔的說法。不過，這時他並不知道，在那輛馬車**呼嘯而過**的一瞬間，他們已一頭栽進了一宗奇怪的謀殺案之中，而福爾摩斯那可怕的觀察力其實已掌握了破案的**關鍵線索**！

不一刻，押解犯人的馬車已抵達警察局，福爾摩斯等人很快就完成了交接犯人的手續。

「唉，回程還要乘半天火車才能回到倫敦啊，真是要了我的命。」福爾摩斯步出警局，向天打了一個大**呵欠**。

「別那麼喪氣，偶爾輕輕鬆鬆地破一個案子也很愉快呀。」華生道。

「哎呀，你對自己的要求太低了。我們做偵探的，只希望碰到**最複雜**和**最奇怪**的案子，輕輕鬆鬆的案子留待警察去處理不就行

了？」福爾摩斯沒好氣地說。

就在這時，一個農夫模樣的中年人匆匆忙忙地與他們*擦身而過*，並一臉驚惶地跑向警局叫道：「不得了！不得了！**蜂場的蜜蜂忽然全部死了！**」

福爾摩斯聞言馬上停下腳步，本來無精打采的眼睛突然閃過一道**靈光**。他一個轉身，捉住那個農夫問：「你說什麼？」

農夫以為福爾摩斯是便裝的警探，於是答道：「蜂場的蜜蜂今早突然全部死亡，我是來

報警的。」

「不會是得了什麼傳染病吧？」華生好奇地問。他雖然不是獸醫，但知道動物或昆蟲的集體死亡，大都與傳染病有關。

「不可能呀，就算得了傳染病，也只會慢慢傳染開去一批一批地死亡，不會一下子就全都死去呀。」農夫搖頭否定。

「這麼說來，蜜蜂本來是好好的囉？」福爾摩斯問。

「是呀，昨天還好好的，外出採蜜後全部都飛回來了，一點異樣也沒有啊。」農夫答。

「有趣、有趣。」福爾摩斯興味十足地說。

「什麼？」農夫不滿地說，「蜜蜂集體死亡可不是講玩的，而且現在是採蜜的季節，很難找到其他蜜蜂代替，我們採不到蜜會損失慘重，一點也不有趣啊。」

「對不起。」福爾摩斯知道自己失言了，「你說得對，這可不是講玩的。不過，我倒想知道，你不是該去漁農處報告嗎？來警察局又有什麼用？」

「因為……我懷疑蜜蜂是被人謀殺的，當然是來警局報案啦，找漁農處有什麼

用啊。」農夫說。

福爾摩斯**咧嘴一笑**，向華生遞了個眼色，好像想說：「看！這不是太有趣了嗎？殺人的謀殺案處理得多，殺蜜蜂的謀殺案還是第一次遇上，絕對不能錯過呢！」

農夫見到福爾摩斯的**舉止**有些奇怪，以懷疑的語氣問：「請問……難道你不是警察？」

「別問了，我和局長是老朋友，來！」福爾摩斯拉着那個農夫，走回警局去。

跟在後面的華生搖搖頭，歎了一口氣，因為他知道剛破的殺人命案毫不刺激，但這宗「**殺蜂案**」對老搭檔來說卻似乎甚有**看頭**，他那不能停下來的腦袋一

定已在全速運轉了。

那位農夫叫**馬田**，是當地「**亨利養蜂場**」僱用的蜂農。據他說，他早上**6時**起床，吃完早餐後看了一下**蜂箱**內的蜜蜂，當時牠們還是好好的。**9時**左右，蜂場老闆派人來找他去採購一些養蜂物品。於是，他與來人一起離開蜂場，乘馬車到鎮上去採購。兩個小時之後，即是**11時**左右，他回到蜂場時，發現蜜蜂已掉到蜂箱的最底層，全部離奇地死了。

?神秘的死因

「於是，你就趕忙跑來報案了？」在報案室中，福爾摩斯問。

「是的。」馬田點頭。

「唔……真是一宗奇案呢。」警察局的局長聽完馬田的敘述後，托着腮子說。這個局長名叫豬格林，是福爾摩斯的中學同學，就是他把福爾摩斯叫來調查一宗命案的，但想不到命案很快就查完了，卻遇上這宗更為棘手的蜜蜂謀殺案。

「按你剛才的說法，那些蜜蜂是在你離開蜂場那兩個小時內死亡的了？」福爾摩斯問。

「沒錯，所以我肯定蜜蜂是被人**蓄意**殺死的……」馬田說到這裏有點哽咽了，「牠們死得好慘，這麼可愛的蜜蜂，下毒手的人實在太**冷血**了……」

華生對蜜蜂沒有研究，不知道用「**可愛**」來形容蜜蜂是否恰當，但他知道農民都深愛他們親手養大的動物。蜜蜂在馬田眼中，大概真的是很可愛吧。

福爾摩斯沉吟半晌後，問了一個華生想也沒想過、但又非常簡單的問題：「蜜蜂不是一大早就飛出去採蜜的嗎？怎會都擠在蜂箱中**任人魚肉**呢？」

豬局長眼前一亮，附和道：「**對、對、對**，這是個好問題。難道殺蜂的兇手有什麼方法把蜜蜂召回來，然後才下手行兇？」

馬田沒好氣的搖了搖頭，答道：「這是**門外漢**才會提出的疑問。你們沒看見嗎？今天一早就下着雨，半個小時前雨才停。蜜蜂在雨天是不會離開蜂箱的。」

「為什麼？難道牠們也像人一樣怕被**雨水**淋濕？」華生好奇地追問。

「你說對了。但人可以打傘擋雨，蜜蜂卻沒有**傘子**，雨水打到牠們的翅膀上，牠們就飛不動了，嚴

重的話，甚至會掉到地上死亡。」馬田答。

「原來如此。」福爾摩斯道，「這麼說來，兇手一定對蜜蜂的**習性**也很熟悉，否則不會懂得挑雨天來下手。」

「那麼，兇手是個**內行人**了。」華生說。

福爾摩斯點點頭，再向馬田問：「早上除了你之外，養蜂場還有其他人嗎？」

「沒有。」馬田搖搖頭說，「我們的養蜂場請了三個**蜂農**，除了我之外，還有另外兩個，但他們下午2點過後才會來幫忙。」

福爾摩斯吐了一口煙，問：「最近沒有可疑的人在養蜂場出沒嗎？」

「**對、對、對**，真是個好問題，有可疑的人出沒嗎？」豬局長問。

對、對、對，真是個好問題…

「我沒看到什麼人。不過，我們沒有保安，門口的鐵閘也沒上鎖，要進去破壞很容易。」馬田答道。

「哎呀，你們的保安也太寬鬆了吧？應該小心點才對呀。」豬局長以怪責的語氣道。

馬田搔搔頭，說：「這個時候還沒到蜂蜜收成的季節，不會有偷蜂蜜的賊人，所以不用什麼保安啊。」

「沒有蜂蜜，也可以偷蜂呀。」局長說。

「這個不必擔心，偷蜂的難度很高，搞不好還會被蜜蜂群起攻擊，未偷到蜂已先被螫死了。」

「原來蜜蜂本身就是最好的保安，真有意

思。」華生對這宗奇案也越來越感興趣了。

福爾摩斯忽然自言自語地道：「殺人需要兇器，例如**手槍**、**刀**、**棍**等等，但殺蜜蜂的話，要用什麼**兇器**呢？」

聞言，豬局長連忙向馬田問道：「**對、對、對**，實在是個好問題，你有頭緒嗎？」

華生心想，這個局長實在太不中用了，只會附和福爾摩斯的問題，什麼都說「**對、對、對**」，完全沒有自己的觀察和分析。同一所中學，怎會教出兩個頭腦完全不同的人呢？

馬田斜眼看了一下胖子局長，歎了口氣

道：「要一下子殺死這麼多蜜蜂，最方便的方法就是毒殺。」

「**毒殺**？」華生赫然一驚，「在牠們的食物下毒嗎？」

「不，我所指的毒殺是噴**殺蟲水**，只有用殺蟲水，才能這麼快殺死那麼多的蜜蜂。」馬田道。

「但是，你發現蜜蜂並非死於殺蟲水，對嗎？」福爾摩斯問道，他知道，如果蜜蜂是死於殺蟲水的話，馬田應該早就說明了。

「**對、對、對**，問得好，牠們不是死於殺蟲水吧？」豬局長又**鸚鵡學舌**似的重複。

馬田終於按捺不住了，向局長高聲喊道：

「**不要再說『對、對、對』好不好？**給你煩死了！殺死蜜蜂的不是殺蟲水！」

豬局長給嚇了一跳，連忙說：「對、對、對，我明白你的心情，我不再說了。」

三人聞言，雙腿一歪，幾乎同時**摔倒**。

待煩躁的馬田冷靜下來後，福爾摩斯說：「不如我們到養蜂場去看看吧，或許可以找出牠們的**死因**。」

馬田無言地點點頭，就領着三人去他打工的「亨利養蜂場」了。

亨利養蜂場

養蜂場不算太大，外圍只有簡陋的鐵絲網圍住，正如馬田所說，要是有人企圖破壞也不難。穿過鐵閘後，就是一片草地，只見一些蜂箱散落其中，福爾摩斯心中數了數，只有10個蜂箱。

「可以打開蜂箱的**蓋子**讓我看看嗎？」福爾摩斯向馬田問道。

馬田不作聲，默默地打開了蜂箱頂部的木蓋子，只見蜂箱內垂直插了10塊「**巢框**」*。他抽出了當中的幾塊，說：「你們看，有些蜜蜂死在巢框上，但大部分都掉到**箱底**下死了。」

*「巢框」是收集蜂蜜的特製木框。蜜蜂採蜜後，會在這些木框上築巢吐蜜。蜂農抽出「巢框」，就可採集蜂蜜了。

福爾摩斯探頭往裏面看，果然，蜂箱的底部堆滿了蜜蜂的**屍體**。

「沒有殺蟲水的氣味。你說得對，蜜蜂不是被殺蟲水殺死的。」福爾摩斯道。華生也知道，如果在蜂箱中噴過**殺蟲水**，就算像他這樣的門外漢，一聞就能聞出來。

「我養蜂養了這麼多年，也想不出兇手用什麼方法殺死牠們。」馬田歎了一口氣道。

福爾摩斯掏出放大鏡，開始在蜂箱四周檢視起來。

「找**腳印**嗎？」華生

問。他知道，老搭檔去到兇案現場，最喜歡就是找地上的腳印。

「不。」福爾摩斯搖搖頭，「雖然草地有被踐踏過的**痕跡**，但地上長滿了草，殺蜂兇手不會留下鞋印。我只是想找找有沒有其他 線索 ——」說到這裏，他突然止住了，並馬上蹲下來，用手指黏起了幾顆如沙粒般細小的白色 結晶 。

「那些是什麼？」豬局長把胖臉湊過來，好奇地問。

福爾摩斯用放大鏡看了又看，說：「看樣子好像是鹽呢。」

「鹽？」華生聞言頗感詫異，蜜蜂是採蜜的，在蜂箱附近發現由蜂蜜凝結而成的糖還算

合理，但鹽的存在就不可思議了。

　　福爾摩斯伸出舌頭舔了一下，說：「果然是鹽，味道是鹹的。」

　　馬田聽到大偵探這麼說，也歪着脖子，不明所以地說：「怎會有鹽呢？我們從沒在這附近撒過鹽呀。」

　　福爾摩斯沒有搭話，他走到其他蜂箱四周細看，又發現了一些鹽粒掉在地上。

　　華生問：「蜜蜂吃了鹽會死亡嗎？」

　　「不可能，蜜蜂不會自己吃鹽。況且在這個季節，牠們的食糧很豐富。你們看，那邊的果園種滿了蘋果樹，而且也開花了。牠們飛過去就可以採到蜜，怎會吃鹽呢。」馬田指向遠方的果園。果然，蘋果樹上都開滿了白色的花。

　　福爾摩斯仍看着手指頭上的
鹽粒，**眉頭深鎖**。華生
看在眼裏，他知道大
偵探這次遇到了一個大難題——鹽粒，究竟和
蜜蜂的**集體死亡**有何關連呢？

　　「啊，對了，我還沒向老闆**亨利先生**報
告，可以陪我一起走一趟嗎？希望你們為我說

幾句好話，證明蜜蜂不是我**照顧不周**而死的。」馬田要求。

「對、對、對，必須去找亨利先生報告一下。」豬局長附和。

「且慢。馬田，可以帶我們周圍看一下嗎？說不定會有其他發現呢。」福爾摩斯說。

「好的。」說着，馬田就領着福爾摩斯三人繞着蜂場走了一個圈，可惜沒發現什麼。接着，他們去到蜂場的後面，那兒有一條**小溪**。

「啊，好清澈的小溪呢。」華生不禁讚歎，「有花有水，果然是個養蜂的好地方。」

「我們不是來看風景的。」福爾摩斯往華生**瞟**了一眼，然後在溪邊蹲下來說，「你們看，這裏有幾隻蜜蜂的**屍體**呢。」

華生、馬田和局長聞言，連忙也蹲下來細

看，果然，在溪邊的**泥土**上，躺着幾隻蜜蜂的死屍。

「奇怪，蜜蜂怎會死在這裏呢？我在這裏工作多年，還是第一次見到呢。」馬田**摸不着頭腦**。

福爾摩斯用放大鏡在蜜蜂屍體附近的泥土上看了又看，道：「唔，泥土中也夾雜着一些**鹽粒**呢。」說着，他隨手抓起了一把泥放在鼻子下面**嗅**了一下。

豬局長見狀，也學着福爾摩斯抓起一把泥嗅了嗅，然後皺起眉頭說：「只有一股泥的氣味罷了，沒什麼特別呀。」

福爾摩斯沒理會他，向馬田問道：「這裏有廚房嗎？我想借一個**平底鍋**用一下。」

「有。不過，你要平底鍋來幹什麼？」馬田對福爾摩斯提出這個要求，覺得有點奇怪。

華生也感到詫異：「難道你肚子餓了？現在不是煮東西吃的時候呀。」

「不，我不是煮東西吃，是**煮泥**。」福爾摩斯舉起手上的泥在華生眼前一晃，狡黠地笑道。

「什麼？煮泥？」豬局長和華生都意外得瞪大了眼睛。

馬田雖然也**滿腹狐疑**，但抵受不了福爾摩斯那不容質疑的眼神，只好領着眾人到廚房去，讓福爾摩斯用平底鍋煮起泥來。

　　「溪邊的泥土含有大量**水分**，只要加熱把水分燒乾，就會有發現了。」福爾摩斯解釋。

　　果然，不一刻，平底鍋中的泥土冒起了一陣陣的**水蒸氣**，泥中的水分很快就蒸發掉了。接着，在泥土中顯現出好多一粒粒白色的**結晶**，叫各人都驚訝萬分。

　　「這些結晶都是**鹽**，數量也真不少呢。」福

爾摩斯說，「有人在溪邊把鹽倒掉，但大部分已融化在濕潤的泥土中。我煮泥，就是為了看看水分蒸發後，究竟還會有多少鹽留下來。」

「真奇怪，倒掉這麼多鹽，難道殺蜂要用很多鹽？」華生問。

「還未敢肯定，但有幾隻蜜蜂死在鹽分甚重的泥土上，相信牠們的集體死亡應該與被倒進小溪中的大量鹽巴有關。」

「對、對、對。」豬局長托着腮子不住地點頭，但已沒有人理他了。

「可是，大量的鹽巴怎樣弄死蜜蜂呢？」馬田仍然摸不着頭腦。

「現在還不知道箇中的關係，但肯定是一個重要的線索。」福爾摩斯說，「我已看夠了，是時候拜訪一下你的老闆了，這個案

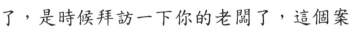

子令他損失慘重，是本案的最大受害人。牽涉刑事破壞的案子，通常都跟受害人與他人結怨有關，向他了解一下可能對破案有幫助。」

果園的女主人

　　一行四人步出蜂場，當正要登上停在閘口的馬車時，一個少婦喘着大氣急匆匆地走過來，她似乎認得豬局長，一眼看到他時，臉上迅即掠過一抹陰霾。

她那惶恐的眼神在豬局長和馬田兩人的臉上來來回回地**游弋**了一下，然後才以充滿擔憂的語氣問道：「馬田先生，今早沒有蜜蜂來果園採蜜，難道蜂場出了事？」

馬田不敢望向少婦，**支支吾吾**的沒有正面答話，好像不想講出實情。

「哎呀，當然沒有蜜蜂採蜜啦！**牠們今早全死了呀！**」豬局長卻毫不避諱地搶着回答了。

少婦看來感到非常**震驚**，呆了半晌才問道：「全死了？為什麼會這樣的？」

「這……」馬田吞吞吐吐的，沒法說下去。

福爾摩斯見狀，於是自我介紹：「我叫福爾摩斯，是豬局長的老朋友，請問你是……？」

少婦赫然回過神來，好像這一刻才發現福爾摩斯的存在，她答道：「我是**艾麗**，是蘋果園的**園主**。」

「啊……原來如此。」福爾摩斯神色嚴峻地點點頭。

華生也明白少婦慌張的原因了。因為，蘋果樹都得靠蜜蜂**傳播花粉**，沒有蜜蜂，花朵無法

受粉，那些果樹也不會長出蘋果。馬田 **磨磨蹭蹭** 地不敢明言，顯然是怕這個消息會為艾麗帶來沉重的打擊。

就在這時，一個小男孩和一個小女孩迎面而來，他們看到馬田後，不約而同地叫道：「馬田叔叔！馬田叔叔！**午安！**」

「你們乖。」馬田臉上勉強地擠出笑容。

「嗚……」艾麗看到兩個小孩後，突然 **悲從中來** 的蹲下，掩面嗚咽起來。

「媽媽、媽媽，你怎麼啦？」兩個小孩被母親 **突如其來** 的舉動嚇慌了。

「蜜蜂沒了……今年沒收成了……果園沒法經營下去啊。」艾麗摸一摸小男孩的頭說。

「為什麼小蜜蜂沒了？昨天不還是好好的嗎？」小女孩問。

「是呀，小蜜蜂昨天還是好好的呀。」小男孩轉向馬田問道，「叔叔，你說不是嗎？」

馬田面上露出困惑的表情，不知道如何回答。華生和豬局長也**面面相覷**，雖然對方只是兩個小孩子，但也找不到適當的詞語來應對。

然而，福爾摩斯卻**不慌不忙**地趨前，在兩個小孩的面前蹲下來，並面帶柔和的笑容說：「不用擔心，小蜜蜂只是工作得太累了，要休息休息。你們讓小蜜蜂休息一天好嗎？」

「啊，原來小蜜蜂太累了？牠們整天飛來飛去地採蜜，一定很辛苦了。」小女孩天真地說。

「嗯，好呀，那就讓牠們休息休息吧。我們累了要睡午覺，小蜜蜂累了也該休息一下啊。」小男孩認真地說。

「很好，你們真是一對好孩子，這麼體諒小蜜蜂。你們的媽媽也累了，陪她回家休息一天好嗎？」

「嗯！我知道，媽媽也太累了，她要照顧我們，又要從早到晚打理果園。」小女孩點點頭道。

　　小男孩走到母親面前，溫柔地抹去她臉頰上的淚水，安慰道：「媽媽太累了，媽媽別哭，媽媽像小蜜蜂一樣，也休息一天吧。」

85

福爾摩斯也走到艾麗跟前，邊扶起她邊說：「對，你也休息一天吧。蜜蜂的事我們會處理，不要太擔心。」

艾麗兩眼含着**淚水**，眼神中帶着疑惑。

豬局長見狀，連忙趨前**以壯行色**：「對、對、對！不用擔心，這位是我從倫敦請來的老同學，他就是**屢破奇案**的大偵探福爾摩斯先生。我敢保證，有他幫忙，什麼困難都可以解決的！」

艾麗雖然沒聽過福爾摩斯的**大名**，但看到警察局長也這麼說，頓時安心下來。她拖起一對小兒女的手，向福爾摩斯致謝後，就轉身離去了。

馬田看着三人遠去的背影，深深地歎息：「艾麗的丈夫一年前交通意外死了，果園都靠她來打理。現在蜜蜂集體死亡，她的處境比我們的養蜂場更糟糕啊。」

福爾摩斯若有所悟地道：「說得對，受害人除了養蜂場老闆之外，還有這位果園的女主人。案情看來比原來的想像要複雜得多呢。」

「不早了，我們還是趕緊去找亨利先生，看看如何善後吧。」豬局長催促道。

美味的蜂蜜

　　不一會，馬車已到達幾哩外的亨利先生的大宅。豬局長待馬田下車後，故意拉着福爾摩斯和華生，輕聲地提醒：「亨利先生是附近的大地主，正在競選**議員**，是個有權有勢的人物。不過，他在商界和政界也**樹敵**甚多，有仇家故意破壞他的養蜂場也毫不出奇。」這個豬局長看來雖然有點**糊塗**，但在關鍵的地方卻不含糊，這個情報對福爾摩斯很有用。

　　通傳過後，四人進入了大宅的

客廳，只見一個充滿**霸氣**的大個子坐在沙發上，他就是亨利，局長口中有權有勢的人物。

「亨利先生，養蜂場的蜜蜂——」

馬田還未說完，亨利已**大手一揮**，道：「不必說了，我已知道了。」看來僕人在通傳他們到訪時，已告知蜜蜂**集體死亡**一事。

豬局長道明來意，並介紹了福爾摩斯和華生。

亨利聽到兩人的名字，臉上閃過一下**警戒**的神色道：「我的蜜蜂死了，與你們有什麼關係？」說着，已傲慢地拿起茶几上的**玻璃杯**，自顧自地喝起飲料來。

豬局長困窘地站着，不知如何是好。然而，我們的大偵探卻**老實不客氣**，一屁股坐到亨利對面的沙發上，等待對方喝完。

亨利一怔，臉上浮現出**厭惡**的神色，一口氣喝下杯中淡黃色的液體。然後「**砰**」的一聲，把杯子擱在茶几上，震得幾塊還未融化的**冰塊**在杯中**嘟嘟作響**。

華生悄悄地往老搭檔看去，期待着他的反

擊，他知道福爾摩斯最討厭**高傲無禮**的人。然而，我們的大偵探只是看着那個杯子，嘴角泛起一絲旁人難以察覺的**冷笑**。

華生暗忖，難道老搭檔又找到線索了？可是，那只是一個普通的玻璃杯，杯中的**冰塊**也沒什麼特別，惟一令人感歎的是，眼前這個亨利先生一如局長所說，果然是個有權有勢的富豪，一般平民在這個季節可玩不起在飲料中放冰塊的玩意*。

「有一股蜂蜜的**香氣**呢。」福爾摩斯把視線從玻璃杯上移開，望向坐在正對面的大富豪道，

「亨利先生，你剛才喝的是蜂蜜吧？」

「你也很**識貨**呢。」亨利輕蔑地**瞟**了福爾摩斯一眼，「不錯，剛才我喝下那杯是最高級

---

*在19世紀末期的英國，製冰技術仍未普及，只有達官貴人才能把冬天的冰塊儲存起來享用。

的蜂蜜，在市場上是買不到的。」

「啊？」福爾摩斯故意流露出懷疑的眼神。

「哼，我會把最好的蜂蜜留來自用，賣到市場的都只是二三流貨色。」

「對、對、對，好的東西當然是留給自己啦。」豬局長趁機恭維，「亨利先生的養蜂場出產的蜂蜜很有名，特別是那股蘋果芳香，可不是別的蜂蜜能有的啊。」

「哼，那還用說。」亨利看也不看胖子局長一眼，冷冷地道。

「據說，夏天時冰凍蜂蜜很好喝，是真的嗎？」福爾摩斯**出其不意**地說。

亨利的雙頰微微地抽搐了一下，似乎對「**冰凍蜂蜜**」這四個字感到特別礙耳，他猛地俯身向前，兩眼盯着福爾摩斯說：「當然好喝了，但這種高貴的味道，可不是**身份低下的人**懂得品嘗的。」

華生聽得出話中有刺，所謂「身份低下的人」，當然是指福爾摩斯了。

這時，一直站在旁邊默不作聲的馬田戰

戰兢兢地說話了：「亨利先生，蜜蜂全死了，如果要趕及採蜜的話，馬上要到別的蜂場去 *借蜂* 才行。可是，其他蜂場也要採蜜，要出高價才會借給我們，怎麼辦啊？」

亨利聞言，突然發難喝道：「你還夠膽問我怎麼辦嗎？我還未向你 **追究責任** 呢！」

「可是——」

「可是什麼？」亨利未待馬田說完就怒叫，「不要問我怎辦，你想得出解決的辦法，就自己去辦！」

馬田怯於老闆的 **蠻橫**，不再吭聲。華生和

豬局長也不知該如何反應，霎時說不出話來。

「嘿嘿嘿。」福爾摩斯乾笑三聲，語帶譏

諷地道，「看來這個春季也採不到蜂蜜了，不論身份高貴還是身份低下的人，都喝不到最好、最新鮮的蜂蜜呢。亨利先生，你說對嗎？」

「對、對、對，大家都喝不到了，實在好可惜啊。」豬局長也來附和打圓場，「肯特州最好的蘋果香蜂蜜都是亨利養蜂場出產的，這個春季採不到的話，今年就沒得喝了。」

亨利聽得出大偵探**話中有話**，怒道：「沒得喝就沒得喝！採不到蜂蜜算我倒霉，反正這個生意也賺不了大錢，關掉養蜂場算了。」

　　「這……這可不行啊，沒有蜜蜂採蜜傳播花粉，**蘋果樹**就結不了果，艾麗的果園會蒙受很大的損失啊。」馬田緊張萬分地道。

　　亨利霍地站起，狠狠地瞪着馬田道：「她的果園跟我有什麼關係？我沒有義務為她**傳播花粉**，如果她有困難的話，你叫她把果樹全**砍掉**賣給我當木柴吧。」說完，頭也不回地大步踏出客廳，在走廊盡頭消失了。

馬田**愁眉苦臉**地低下頭來，不知如何是好。

福爾摩斯想了一下，向馬田問道：「亨利先生似乎不喜歡那位艾麗女士呢，難道他們之間有過什麼**過節**？」

馬田感慨萬端地說：「老闆早前向艾麗提出要**收取傳播花粉**的費用，他說蜜蜂是他的，沒有理由免費為蘋果園傳播花粉。可是，艾麗卻說果園的花是她的，如果要她付傳播花粉的費用，那麼養蜂場的蜜蜂飛來採蜜，也該**支付採蜜費**給果園。」

「唔……」華生想了想道，「艾麗女士的說法也有道理呢。」

「很簡單，**各自付費**給對方不就行了。」豬局長自作聰明地說。

福爾摩斯搖搖頭，道：「互相付費而支付的金額又一樣的話，結果是**互相抵消**，根本就是多此一舉啊。」

「福爾摩斯先生說得對，一般來說，蜂場與果園之間是**互惠互利**的關係，大家都不會向對方收錢。況且，帶有蘋果香的蜂蜜在市場上可以賣得好價錢，更不應該向果園收費。」馬田道。

「亨利先生明白**箇中關係**嗎？」華生問。

「他是外行人，養蜂場本來不是他的，只是原來的場主在賭桌上輸了很多錢，只好把蜂場賣給他還賭債。」馬田解釋道。

豬局長恍然大悟：「這就難怪他要向果園收費了，原來他不懂這個行業的**規矩**。」

「不，他是個生意人，應該明白這種互惠互利、**唇齒相依**的關係。」福爾摩斯道。

「那麼，他為什麼說要把蜂場關掉呢？這樣豈不是損人又不利己嗎？」華生納悶。

「老實說，養蜂採蜜對亨利先生來說確實不是什麼大生意，把蜂場的**土地**用來做別的買賣，或許更能賺錢……」馬田欲言又止。

福爾摩斯和華生互相遞了個眼色，他們似乎都從馬田的說話中聽出了一點**玄機**。

這時，客廳的門被推開，一個僕人怒氣沖沖地向他們走來。

「嘿嘿嘿，看來亨利先生要**下逐客令**了，我們還是識趣地離開吧。」福爾摩斯道。

巧妙的毒手

在僕人的**驅趕**下，他們四個人走出了大宅。可是，當福爾摩斯看到大宅旁邊一輛馬車時，卻突然停下腳步說：「這輛馬車好**眼熟**，好像在什麼地方見過呢。」說着，就往那輛馬車走去。

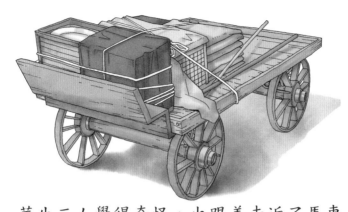

華生三人覺得奇怪，也跟着走近了馬車。

「**啊！這不就是——**」一向冷靜的福爾摩斯突然驚叫。

華生也看到了，那是一輛馬車的**載貨台**，台上有一疊鋁製的**臉盆**、一些方形的**木架**。此外，還有一些**漆布**和麻包袋。

「我記起來了。今早乘着押解犯人的馬車經過一個分岔路口時，曾被這輛載貨馬車從後趕過。但也不值得大驚小怪呀。」華生說。

「嘿嘿嘿，**踏破鐵鞋無覓處，得來全不費工夫**。原來如此……原來如此……」福爾摩斯已收起驚訝的表情，唇邊更泛起**別有意味**

的微笑。

「究竟怎麼了？」華生追問。

「對、對、對，究竟怎麼了？」豬局長也急切地問。

福爾摩斯沒有回答，他掏出放大鏡，在載貨台的木板上仔細地檢視，然後又用食指在台板上**黏**起了些什麼。

「找到什麼了？」豬局長問。

「**鹽**。」福爾摩斯說着，又伸出舌頭舔了一下。

馬田也從台板上撿起了一些白色顆粒，並放進嘴裏嘗了嘗，他領首道：「鹹的，沒錯是鹽。」

華生愣怔了一下，道：「剛才在養蜂箱旁邊也發現一些鹽粒，這麼看來，這輛馬車可能曾經載着鹽去過養蜂場呢。」

「沒錯。」福爾摩斯道，「今早這輛馬車在分岔路口越過我們時，就是從通往蜂場那條路開過來的。」

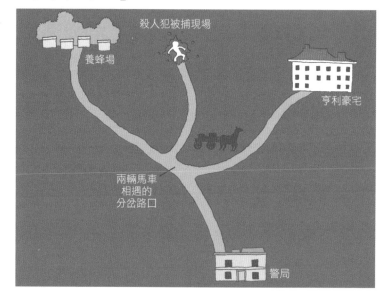

養蜂場

殺人犯被捕現場

亨利豪宅

兩輛馬車
相遇的
分岔路口

警局

「這又能說明什麼？就算這輛馬車真的去過養蜂場，又留下了一些**鹽**，和蜜蜂集體被殺又有何關係呢？」馬田說。

「對、對、對——」

「**不！**」福爾摩斯制止豬局長說下去，「如果載鹽的馬車去過養蜂場，已足可證明蜜蜂的集體死亡與鹽有關。開始時我也想不通箇中關係，但我看到那杯**冰凍蜂蜜**和這個載貨台上的東西後，馬上就明白當中的秘密了。」

「是什麼秘密？」華生三人不約而同地問。

「嘿嘿嘿。」福爾摩斯狡黠地一笑，「在解答你們這個疑問之前，我倒想知道，亨利先生那杯冰凍蜂蜜的**冰塊**是從哪裏來的呢？」

「這個嗎？我知道啊。」馬田說，「他家中的地窖下面挖了個**藏冰庫**，冬天時把冰儲存

起來，這樣的話，一年四季都可以喝到冰凍的飲品和吃到冷藏的食物了。」

「果然如此。」福爾摩斯把食指上的鹽粒往大家面前一伸，眼中閃過一道寒光，「那麼，**這些鹽和那傢伙的冰就是殺蜂的兇器！**」

「什麼？」三人對大偵探的說話仍然摸不着頭腦，冰和鹽又跟殺蜂有何關係呢？

「我還有一個問題。」福爾摩斯沒理會大家的疑惑，再向馬田問道，「你剛才說養蜂場的**土地**可以用來做更賺錢的生意，究竟是什麼意思？」

「這⋯⋯」馬田吞吞吐吐，看來有**難言之隱**。

「你不說的話，很難找出殺蜂兇手的**動機**，案子破不了，養蜂場就要關門了。」福爾摩斯以威嚇的語氣說。

「**對、對、對**，你要照實講啊。」豬局長附和，不過，他的這次附和並不惹人生厭。

馬田深深地吸了一口氣，橫了心道：「養蜂場關門事小，蘋果樹結不了果事大。好！我

就說吧。其實，老闆去年收購養蜂場並不是為了養蜂，他看中的是那塊**土地**。」

「此話怎講？」福爾摩斯問。

「我聽說他計劃在養蜂場附近興建一個 **高爾夫球場**，正在密密收購那兒的土地。」

「嘿嘿嘿，原來如此，這就難怪他要殺光那些蜜蜂了。」福爾摩斯道。

「養蜂場是他的，他可以**名正言順**地關門呀，何必殺蜂呢？」華生提出質疑。

「對、對、對，他何必殺蜂？」豬局長問。

福爾摩斯沒好氣地說：「還不明白嗎？養

蜂場那塊土地面積有限，要建高爾夫球場的話，必須連艾麗的果園也 收購 下來才行。我估計艾麗不肯賣出果園，於是他就把心一橫，以 自殘 的方法來傷人！反正養蜂場對他來說，只是很小的生意。」

「啊，原來如此。」華生恍然大悟，「他殺了蜂，果樹 沒有蜜蜂傳播花粉，這麼一來，蘋果樹結不出果，果園也就沒有收成，到時他可 乘人之危 ，再以低價向艾麗提出收購了。」

馬田聞言大怒：「太卑鄙了，他竟然耍這種手段去欺侮**孤兒寡婦**！」

「對、對、對，實在太卑鄙了！」這回連光會討好人的豬局長也生氣了。

「大家**少安毋躁**，其實我還有一個問題想不通，只要解答了這個問題，或許可以迫使亨利重開養蜂場。」福爾摩斯道。

「是什麼問題？」馬田很緊張地問。

「你說過殺蜂可以用**殺蟲水**，但那傢伙沒用這個最簡便的方法，卻想出了一個**迂迴曲折**的辦法殺蜂，他為什麼要這麼麻煩呢？」福爾摩斯問。

馬田低頭沉思片刻，突然猛地抬起頭來道：「我明白了。他要製造**死因不明**的恐懼，只有這樣，才沒有人敢再在那附近養蜂。

這麼一來，艾麗的果園就只能倒閉了。」

「你的意思是，如果其他蜂農知道那片土地曾有蜜蜂原因不明地集體死亡，他們就不敢再去那兒養蜂了？」福爾摩斯問。

「是的，蜂農都很迷信，而且養蜂的地方多得很，沒必要冒這個險。」馬田道。

「原來如此，難怪那傢伙要用那個不着痕跡的方法殺蜂了。」福爾摩斯喃語。

「什麼不着痕跡的方法？」豬局長問。

「牠們是被冷死的。」

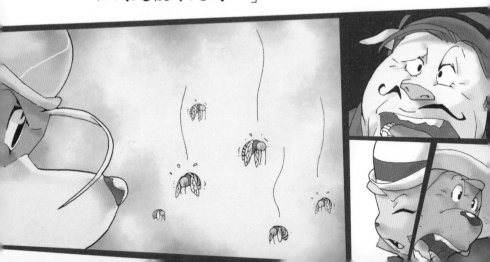

「**冷死的？**」華生三人都頗感意外。

「怎可能呢？現在的氣溫大概也有十幾度，蜜蜂不會被冷死呀。」馬田並不同意。

「你說得對，在這種氣溫下蜜蜂不會被冷死。可是，只要把養蜂箱內的氣溫急降至**零度**以下，不就可以了嗎？」

「降溫……鹽和冰……啊！難道那個可惡的富豪利用**鹽和冰**來令養蜂箱急劇降溫？」華生問。

「嘿嘿嘿，你終於想通了？那傢伙正是用這個方法，派手下去殺掉所有蜜蜂的。」福爾摩斯道。

「究竟是什麼方法呀？我還不明白啊！」豬局長已有點兒**氣急敗壞**了。

「很簡單，那些**道具**就是答案。」

福爾摩斯指一指載貨台上的東西，

一一道出他的分析。

① 臉盆是用來盛載冰塊的。

② 麻包袋則用來覆蓋冰塊，以減慢冰塊在運送過程中融化的速度。

③ 去到蜂場後，就打開養蜂箱的木蓋子。

④ 把盛着冰的臉盆放到木架子上，並在冰塊上撒大量鹽。

⑤ 然後，把臉盆連木架子套在養蜂箱上。

⑥ 最後，用漆布把整個木架子和養蜂箱一起密封起來。

「冰塊因為鹽的關係，會急速把漆布內的**熱**全部吸走。」福爾摩斯補充道。

華生點點頭道：「對，冰塊加上相應分量的鹽，足可在五分鐘內就把溫度下降至零下十多二十度。」

「華生說得沒錯。由於**冰盆**製造出來的冷空氣會向下沉，盆下的養蜂箱就會充滿突如其來的**冷氣**，令箱內的氣溫急速下降，無路可逃的蜜蜂就只能被**活活冷死**！」

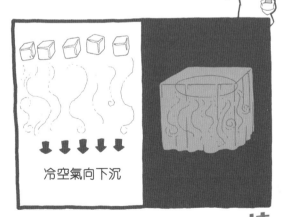

冷空氣向下沉

「好殘忍的手法，虧那個可惡的亨利想得出。」豬局長**悻悻然**地說。

馬田知道真相後氣得滿臉通紅，**咬牙切齒**地道：「怪不得他一早派人來差遣我到鎮上去買東西，其實是把我**調離**養蜂場，好讓他派手下來**行兇**！」

　　「待蜜蜂死光後，行兇者只要移走木架子和冰盆，冷氣就會自行**消散**，不留一點痕跡。」華生說。

　　「對，行兇者完事後，就把鹽水和冰倒進養蜂場後面的**小溪**，『兇器』隨水而逝，殺蜂的證據亦隨之消失。不過，泥土中仍殘留着大量鹽水，我的**煮泥實驗**已證實了這一點。」福爾摩斯說。

「在溪邊發現的蜜蜂**屍體**，很可能是在蜂箱中掙扎時掉在**臉盆**裏的，行兇者在棄置冰塊時，把蜜蜂的屍體也一併**傾倒**在溪邊，給我們留下了線索。」華生說。

「豈有此理，我去拉人，控告那傢伙**謀殺蜜蜂**！」豬局長雖然糊塗，卻很有正義感。

他又不是殺了人，你如何控告他？

福爾摩斯連忙把他拉住，說：

「且慢，他又不是殺了人，你如何控告他？何況那些蜜蜂也是他的，你不能把他**入罪**。」

「**不、不、不！**」

豬局長沒說口頭禪「對、對、對」，反而突

然連呼三聲「**不、不、不**」，把眾人都嚇了一跳。這一刻，華生覺得他不愧是福爾摩斯的老同學，同樣都**嫉惡如仇**！

「殺蜂雖然不可以把他入罪，但可以控告他迫害**孤兒寡婦**！」豬局長怒氣難平。

「你冷靜一點好嗎？」福爾摩斯提醒，「他沒有直接**迫害**艾麗一家，只是殺死自己蜂場的蜜蜂，間接令艾麗果園陷入困境罷了。這是**倫理道德**的問題，卻絕非「**法律**」問題，你是無

法控告那傢伙的。」

「那怎麼辦？總不能讓他把果園逼得破產呀？」馬田又心焦又氣憤。

「嘿嘿嘿，**倫理道德**的問題就用**倫理道德的方法來解決**。只要抓住這個重點，事情就易辦了。」福爾摩斯信心十足地冷然一笑，「你們在這裏等我一下。」

未待華生三人反應過來，福爾摩斯已一個轉身，大步走向大宅的門口。

空中兵團

次日，艾麗和兩個小孩一早起床，匆匆吃過早餐後就馬上到果園去，伸長脖子**企盼**着蜜蜂的出現。可是，三母子一直等呀等，等到中午也看不到半隻蜜蜂的**蹤影**。

「媽媽，小蜜蜂不是說只休息一天的嗎？怎麼到現在還沒來呢？」小男孩擔心地說。

「會不會牠們太累了，要休息多一天呢？」小女孩天真地問。

艾麗無言地看着果樹上的花朵良久，然後才有點**氣餒**地答道：「我們再多等一會吧。」

等呀等，三母子在烈日下又等了兩個小時，還是看不到蜜蜂。艾麗垂下頭來，沮喪地說：「算了，蜜蜂今天不來了，我們回家吧。」

說完，艾麗拉着小男孩的手，拖着沉重的步伐往家的方向走去，小女孩則垂頭喪氣跟在後面。然而，只是走了十多步，忽然，一陣

「嗡⋯⋯嗡⋯⋯嗡⋯⋯嗡⋯⋯嗡⋯⋯」

的聲音由遠而近地傳至，艾麗停下腳步，抬頭

往上空望去，赫然發現一隊黃色的空中兵團逐漸飛近。

啊，那不就是……

「**是小蜜蜂呀！**媽媽！是小蜜蜂呀！小蜜蜂今天沒休息，牠們終於來了呀！」小男孩舉頭**歡呼**。

小女孩也往空中望去，並大叫：「是呀！是小蜜蜂呀！好多小蜜蜂來採蜜呀！媽媽，小蜜蜂來採蜜呀！」

空中兵團到達果園上空後，馬上各自散落在蘋果樹的花朵上，拚命地吸起**花蜜**來。

艾麗看到此情此景，感動的眼淚不禁**奪眶而出**，她知道，這些蜜蜂有如一隊雷霆救兵，不但救了果園，也救了她，還救了她的兩個小孩。

這時，馬田也**氣喘吁吁**的

趕來了。他一見到艾麗就趕忙道歉：「對不起，我跑了一整天才向其他蜂農借到蜜蜂，所以來遲了。」

「不⋯⋯實在太感謝你的幫忙了。」艾麗激動地握着馬田的手**道謝**。

「你不用謝我，是那位倫敦來的大偵探說服亨利先生重開蜂場的，我只是負責跑去**借蜂**罷了。」馬田笑道。

「啊，那位福爾摩斯先生嗎？」艾麗不解地問，「他⋯⋯他是怎樣**說服**亨利先生的呢？」

幾個月後，**噠噠噠噠噠**，貝格街221號B響起了一陣奔上樓梯的聲音。

大門「**砰**」的一聲被踢開，小兔子抬着一

個箱子闖進來，
他大聲叫道：
「福爾摩斯
先生，有個很
香的**包裹**寄給
你！」

「什麼？很香
的包裹？」華生感到奇怪。

「是啊，是**水果**的香味。」小兔子說着，
嘴角已流下了口水。

「水果？是誰送來的呢？」福爾摩斯放下手
上的報紙問道。

「誰知道，打開來看看不就清楚了。」福爾
摩斯還來不及阻止，小兔子已**急不及待**地打
開了箱子。

「**嘩！好漂亮的蘋果！**」小兔子興奮地歡呼。

華生和福爾摩斯走過去看，果然，是一箱紅得發亮的**大蘋果**，箱子的角落還有一瓶

蜂蜜。兩人馬上知道，這是艾麗和馬田送來的禮物。

「這裏還有一封寫給你的信呢。」華生從箱子中撿出一封**信**。

原來，信是艾麗寫的，她說在馬田的幫助下，蜜蜂每天都來**採蜜**，順利完成了**花粉**的傳播。最近，果樹已長滿了又結實又漂亮的紅蘋果，兩個小孩子也高興得整天都在果樹下追逐玩耍，就像果樹那樣茁壯地成長。為了表示謝

意，所以送上一箱蘋果和馬田託付的一瓶蜂蜜給大家品嘗。

「讓我來嘗嘗有沒有**毒**吧，福爾摩斯先生，你知道，你太多**仇家**了。」小兔子亂吹一

個理由，急不及待地把一個蘋果塞進嘴裏，**大口大口**地吃起來。

「想不到只是過了幾個月，那些果樹已長出這麼漂亮的蘋果，真奇妙啊。」華生不禁讚歎。

「是啊，蘋果的生長期大約四五個月。眨眼之間，那一起**蜜蜂謀殺案**已過了幾個月呢。」福爾摩斯道。

聞言，小兔子那雙**好管閒事**的耳朵馬上豎起，他問道：「什麼蜜蜂謀殺案？用蜜蜂來殺人嗎？」

「說起來，你回頭走去找亨利先生時，究竟向他說了些什麼，竟可令他**擱置**興建高爾夫球場的計劃，甚至出高價讓馬田可以向其他蜂農**租借**蜜蜂？」華生問。

「亨利是誰？和蜜蜂殺人有什麼關係？」小兔子更好奇了。

「哈哈哈，當時在豬局長面前不方便說，你知道，恐嚇他人可是**犯法**的啊。不過，現在**事過境遷**，可以揭開謎底了。」福爾摩斯狡點地一笑，「其實，我向亨利先生講了一個用冰和鹽來殺蜂的故事，並說如果傳媒知道的話，一定會在報紙上起一個煽情的標題來大肆

報道，而那個標題很可能是——**候選議員貪財殺蜂百萬，把孤兒寡婦逼上破產絕路！**」

「啊！原來如此。」華生恍然大悟。

「什麼嘛？什麼嘛？」小兔子急得直**跺腳**，「什麼冰和鹽殺蜂？什麼議員？什麼孤兒寡婦？快告訴我呀！」

剛才一直沒搭理的福爾摩斯和華生斜眼望向小兔子，突然齊聲喝罵：「**大人說話，不准插嘴！**當心給蘋果嗆着喉嚨呀！」

「哇呀！」小兔子被兩人這麼一罵，嚇得真的嗆着了喉嚨，「**咣咣咣咣**」的連咳數聲，把剛吃下的蘋果

全吐出來了。

「哇哈哈哈！」華生和福爾摩斯不禁大笑。

不過，小兔子也不示弱，他趁兩人還未笑完，已一手抓起兩個蘋果，三步併作兩步的衝下了樓梯，一溜煙似的逃走了。

【冰和鹽】

　　冰融化時會吸熱，令它附近的溫度降低。把鹽混和於冰中，則會加快冰的融化速度，同時間吸走更多的熱，令四周的溫度下降得更快。此外，當冰融化成水後，在水中的鹽也會開始溶解，而鹽溶於水時，會令溫度下降，這麼一來，溫度就會變得更低了。就是這樣，只須把冰和鹽混在一起，就可在短時間內令溫度降到很低了。由於鹽水在攝氏零下20度也不會結冰，理論上把鹽混和於水後，可把溫度降至零下20度。而只要把它們密封於一個箱子內，就可製造出冰箱的冷凍效果了。

【蜜蜂與花粉的傳播】

　　植物要結果的話，其花朵雌蕊的柱頭必須黏上雄蕊的花粉，這個過程叫「受粉」。當雌蕊受粉後，花粉上的一組遺傳基因與雌蕊中的另一組遺傳基因結合，就會形成新的生命——結成果實（種子）了。

　　花粉的傳播有各種不同的方式，利用蜜蜂採蜜去傳播，是最廣為人知的一種。蜜蜂在採蜜時，身體會黏上雄蕊的花粉，當牠們飛到雌蕊去時，就會把花粉帶到雌蕊上去，無形中協助花朵受粉，為植物傳宗接代作出貢獻。所以，蜜蜂對植物的生長非常重要。沒有蜜蜂，很多植物也就無法結果，甚至可能會絕種。

花粉的傳播和花朵的受精過程

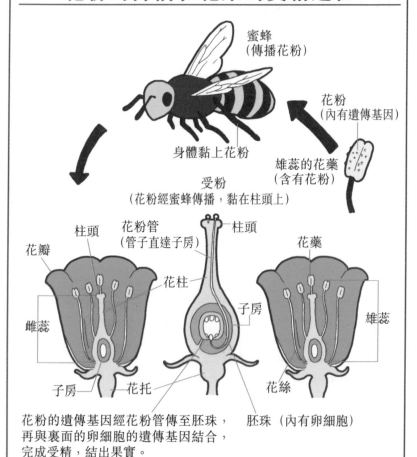

蜜蜂
(傳播花粉)

花粉
(內有遺傳基因)

身體黏上花粉

雄蕊的花藥
(含有花粉)

受粉
(花粉經蜜蜂傳播，黏在柱頭上)

柱頭

花粉管
(管子直達子房)

柱頭

花瓣

花藥

花柱

子房

雄蕊

雌蕊

雄蕊

子房

花托

花絲

花粉的遺傳基因經花粉管傳至胚珠，
再與裏面的卵細胞的遺傳基因結合，
完成受精，結出果實。

胚珠 (內有卵細胞)

　　蘋果樹的同一朵花中包含雌蕊和雄蕊，但「自花受粉」不會結出果實，必須「他花受粉」才能結果。所以，在同一個果園之中，須種植經過挑選的不同品種的蘋果樹，讓蜜蜂在它們之間傳播花粉，才能令果樹長出健康漂亮的蘋果。

福爾摩斯科學小魔術
自製冰棍

鹽混和在冰上，原來會令溫度急降呢。

是啊，我們可以用這個方法來自製冰棍呢。

❶ 一雙筷子　一個大保鮮袋　兩個小保鮮袋　三至四百克食鹽　幾條橡皮圈　約一公斤重的冰　一罐橙汁汽水

先預備圖中的東西。

❷ 把橙汁倒進兩個小保鮮袋中，再插入筷子，並用橡皮圈紮緊封口，自製成兩條冰棍。

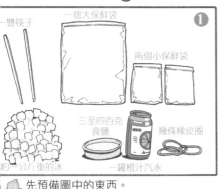

❸ 把一半冰塊和一半鹽倒進大保鮮袋中，並把自製冰棍放進當中，再倒進餘下的冰塊及鹽，然後用橡皮圈把袋口紮緊。

再輕輕搖動冰袋5～6分鐘，然後取出冰棍，拆去保鮮袋就可以吃了！

科學解謎　由於鹽可以令冰加速融化，當把兩者在保鮮袋中混和時，冰塊急速融化成冰水並把周圍的熱吸走。另外，鹽溶於水時會令溫度下降，當它在冰水中溶化時，周圍的熱又被吸走，令溫度下降得更快，足以在幾分鐘之內令小保鮮袋中的橙汁結成冰。不過，鹽水在－20℃也不會結冰，大家不必擔心不能取出大保鮮袋中的自製冰棍呢。

分身① 分身②

據說看到自己的分身，就代表自己快死了。

我不怕。

要是我有幾個分身就好了。

為什麼？

為什麼？

因為我不會見到自己的分身。

因為不必動手也可以完成工作。

你未遇過，怎知道？

太理想化了，現實才不是這樣。

我這麼忙，已經「分身不暇」啦，怎會有分身♪

看！他們會把你的東西吃光啊！

蜜蜂①

蜜蜂真了不起，能採蜜傳播花粉。

沒什麼了不起，雀鳥也可以。

蜜蜂能製造出美味的蜜糖！

燕子也能製造出養顏的燕窩。

但雀鳥有害處，蜜蜂沒有。

誰說沒有，蜜蜂會襲擊人類。

總好過引發禽流感呀！

蜜蜂②

你穿的是……？

蜜蜂斑紋裙子，漂亮吧？

才不是呢！

那是「生人勿近」的意思呀！

大偵探 福爾摩斯
蜜蜂謀殺案 ㉑

原著人物 / 柯南・道爾
（除主角人物相同外，本書故事全屬原創，並非改編自柯南・道爾的原著。）

小説&監製 / 厲河　　　　繪畫&構圖編排 / 余遠鍠

封面設計 / 陳沃龍　　　內文設計 / 麥國龍、李佩珊　　　編輯 / 盧冠麟、郭天寶

出版
匯識教育有限公司
香港柴灣祥利街9號祥利工業大廈2樓A室

承印
天虹印刷有限公司
香港九龍新蒲崗大有街26-28號3-4樓

發行
同德書報有限公司
九龍官塘大業街34號楊耀松（第五）工業大廈地下
電話：(852)3551 3388　　傳真：(852)3551 3300

第一次印刷發行　　　　　　　　　　　　　　　　2013年11月
第十次印刷發行　　　　　　　　　　　　　　　　2020年7月
Text：©Lui Hok Cheung　　　　　　　　　　　　　翻印必究
©2013 Rightman Publishing Ltd. All rights reserved.

ISBN:978-988-77493-1-8
港幣定價 HK$60
台幣定價 NT$270

若發現本書缺頁或破損，
請致電25158787與本社聯絡。

f **大偵探福爾摩斯**
想看《大偵探福爾摩斯》的
最新消息或發表你的意見，
請登入以下facebook專頁網址。
www.facebook.com/great.holmes

網上選購方便快捷　　購滿$100郵費全免
詳情請登網址 www.rightman.net